AF565770

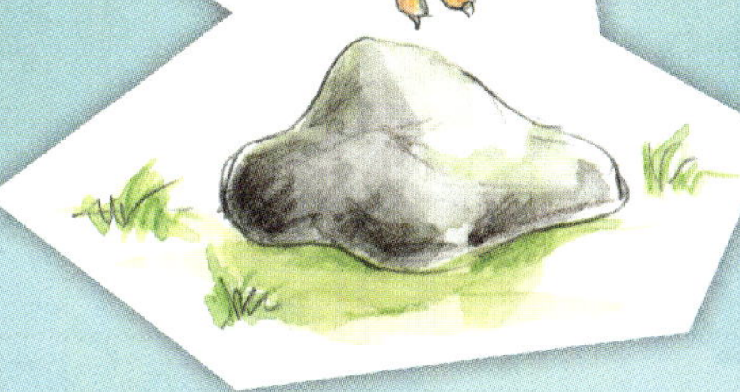

Guido Kasmann

Schirmel und Oderich

Illustrationen:
Ramona Reudenbach

Dieses Buch enthält ein Hörbuch. Einfach QR-Code scannen und Audio-Dateien herunterladen. Anschließend mit dem Wunschgerät oder direkt mit dem Anybook Pro Audiostift abspielen – intuitiv und übersichtlich!

Mehr Infos unter *www.buchverlagkempen.de/buecher*

Downloadlink für das Hörbuch & die Anybook-Datei

Aktivierungscode Anybook

Bibliografische Information der Deutschen Bibliothek

Die Deutsche Bibliothek verzeichnet diese Publikation in der Deutschen Nationalbibliografie; detaillierte bibliografische Daten sind im Internet über http://dnb.ddb.de abrufbar.

www.buchverlagkempen.de

4. Auflage, Kempen 2024

Nach der neuen deutschen Rechtschreibung

Lektorat: Sandy Willems-van der Gieth, BVK
Umschlaggestaltung: Nadine van der Gieth, BVK, unter Verwendung der Illustrationen von Ramona Reudenbach, Odenthal
Gestaltung: Nadine van der Gieth, BVK
Illustrationen: Ramona Reudenbach, Odenthal
Hintergrund Vorsatzpapier: © Angie Makes / Shutterstock.com
Druck / Bindung: Jettenberger Internationale Druckagentur, D-Königsbrunn

Best.-Nr.: LI86, ISBN 978-3-86740-603-1

Inhaltsverzeichnis

Für Anna und Jan,
meine tollen erwachsenen Kinder

Schirmel

wünscht sich einen Freund

Das ist Schirmel.

In seinem
Lieblingsteich
hat er alles,
was er braucht.

Aber Schirmel ist unglücklich. Denn er ist allein.
Schirmel wünscht sich einen Freund.

Da kommt Schirmel eine Idee:
Er will sich einen Freund suchen.

Schon bald trifft er auf den Storch und sagt:
**„Du bist allein. Ich bin allein.
Lass uns Freunde sein.“**

Der Storch antwortet:
„Au ja! Aber wenn ich dich ansehe, bekomme ich Appetit auf Frosch.“

Da zieht Schirmel lieber weiter.

Schirmel trifft den Bär: **„Du bist allein. Ich bin allein. Lass uns Freunde sein.“**

Der Bär antwortet: **„Tolle Idee! Aber beim Spielen kann ich dich mit meinen großen Tatzen zertreten. Natürlich nur aus Versehen.“**

Das sieht Schirmel ein und zieht weiter.

Schirmel trifft das Wildschwein:
**„Du bist allein. Ich bin allein.
Lass uns Freunde sein.“**

Das Wildschwein
antwortet:
**„Gerne.
Kannst du
denn meinen
Gestank
aushalten?“**

Nein, das kann Schirmel nicht.
Also zieht er wieder weiter.

Schirmel trifft die Schwalbe und sagt:
„Du bist allein. Ich bin allein. Lass uns Freunde sein.“

Die Schwalbe antwortet:
„Au ja! Aber nur bis zum Herbst. Dann fliege ich wieder nach Afrika.“

Aber Schirmel will einen Freund, der immer bei ihm bleibt. Er zieht weiter.

Zu der Fledermaus sagt Schirmel:
**„Du bist allein. Ich bin allein.
Lass uns Freunde sein.“**

Die Fledermaus antwortet: **„Gerne!
Aber lass uns darüber reden, wenn es dunkel ist.
Denn jetzt bin ich müde und muss schlafen.“**

Aber wenn es dunkel ist, dann bin ich müde,
denkt Schirmel. Also zieht er wieder weiter.

Schirmel trifft die Fliege und sagt:
**„Du bist allein. Ich bin allein.
Lass uns Freunde sein.“**

Die Fliege antwortet:
„Tolle Idee!“

Da bekommt Schirmel
ganz plötzlich
großen Hunger auf Fliege.

Aber man kann
seinen Freund
nicht fressen wollen,
denkt er
und zieht
schnell weiter.

Schirmel ist müde.
Einen Freund zu finden,
ist anstrengend.

Plötzlich kommt
ein Rabe angeflattert
und setzt sich zu ihm.

„Was willst du?“, fragt Schirmel.

„Ich suche einen Freund“, antwortet der Rabe.

Ein Rabe als Freund? Schirmel überlegt:

Er kann mich nicht aus Versehen zertreten.

Er stinkt nicht.

Er will im Herbst nicht nach Afrika.

Er schläft nachts, wie ich.

Er will mich nicht fressen und ich ihn auch nicht.

Schirmel fragt: **„Wie heißt du?“**

„Ich heiße Oderich“, antwortet der Rabe.

„Oderich“, sagt Schirmel, **„lass uns Freunde sein.“**

Ach, es ist schön, einen Freund zu haben.

Schirmel will fliegen lernen

„Oderich, es muss wunderschön sein, zu fliegen.“

Oderich nickt.

„Ich möchte auch fliegen können wie du. Bitte bring es mir bei“, sagt Schirmel.

Oderich überlegt. Dann sagt er:
„Du musst ganz schnell mit den Armen wedeln, etwa so.“

„So geht es nicht“, sagt Schirmel. Aber das hat Oderich auch schon gemerkt.

**„Du musst es machen wie die jungen Vögel,
wenn sie flügge werden.
Die springen zu ihrem ersten Flug aus dem Nest“,**
schlägt Oderich vor.

„Dann bauen wir jetzt ein Nest“,
sagt Schirmel.
**„Wenn ich schon fliegen könnte,
wäre es leichter,
ein Nest in einem Baum zu bauen.“**

Er ist sehr erschöpft vom Klettern.
Aber wenn man etwas wirklich will,
muss man sich auch mal dafür anstrengen.

„Das Nest ist sehr hoch“,
sagt Schirmel und seufzt.

Oderich meint:
„Ich finde es nicht zu hoch.“

Na ja, er sitzt auch jeden Tag
hoch oben in einem Baum.

„Ich bin mir nicht sicher,
ob ich gleich fliegen kann“,
sagt Schirmel.

Oderich meint:
„Die jungen Vögel wissen es auch erst,
wenn sie gesprungen sind.“

Wo Oderich recht hat, da hat er recht.

„Na gut, ich springe“,
sagt Schirmel
und kann sein Herz hören.

Es macht
ganz schnell
Bu-Bumm,
Bu-Bumm,
Bums ... Au!

„Ich kann noch nicht fliegen“, ruft Schirmel.

„Stimmt“, sagt Oderich.
**„Mir ist was eingefallen:
Die kleinen Vögel haben ja schon Flügel,
wenn sie springen.“**

Auch da hat Oderich recht.

„Also brauche ich Flügel“,
sagt Schirmel.

**„Nun sehe ich aber
immerhin schon aus
wie ein Vogel,
findest du nicht,
Oderich?“**

Oderich nickt.

„Muss ich jetzt wieder von oben aus dem Nest springen?“

„Die jungen Vögel machen es jedenfalls so“, sagt Oderich.

Aber Schirmel traut sich nicht mehr.

**„Der Baum ist mir zu hoch.
Ich versuche es
von dem Stein dort.
Wenn es doch nicht klappt,
dann falle ich nicht so tief.“**

Nein, tief ist es nicht ...

... aber nass.

**„Ach Oderich,
ich möchte so gerne
einmal fliegen."**

Plötzlich kommt Schirmel eine neue Idee:
**„Kannst du mich nicht
auf deinem Rücken mitnehmen?
Das wäre dann fast so,
als würde ich selber fliegen."**

Oderich nickt und Schirmel denkt:
Oderich ist ein richtiger Freund.
Ein richtiger Freund hilft mit,
wenn man etwas unbedingt will.

„Wann fliegen wir endlich in den Himmel, Oderich?"

Oderich antwortet nicht,
denn er bekommt kaum Luft.

Schirmel ist einfach
zu schwer.

„Ach Oderich“, sagt Schirmel und seufzt.
„Du kannst zwischen Himmel und Erde dahinschweben.
Ich werde nie erleben, wie das ist.“

Da erzählt Oderich seinem Freund Schirmel,
wie es ist zu fliegen,

wie klein die **Welt** von oben aussieht,

wie der **Wind** durch die Federn rauscht,

wie man am blauen **Himmel**
von der warmen **Luft** getragen wird,

wie es ist, über den **Baumwipfeln** zu segeln ...

Oderich

erzählt

und

erzählt ...

Oderich kann wunderschön erzählen
… als flögen sie gemeinsam dort oben.

Ja, denkt Schirmel, es ist schön,
einen Freund zu haben,
der fliegen kann.

Schirmel

will König werden

„Oderich, ich will ein König werden“,
sagt Schirmel.

„Warum?“,
will Oderich wissen.

**„Dann kann ich die schöne Prinzessin heiraten.
Deshalb!“**

„Und wie willst du ein König werden?“,
fragt Oderich.

**„Ich muss eine Krone haben.
Dann bin ich ein König.“**

„Jetzt bist du ein Frosch mit einer Krone auf dem Kopf“, sagt Oderich. **„Aber du bist noch kein König.“**

„Und wann ist man ein richtiger König?“

**„Woher soll ich das wissen?
Frag einen richtigen König“,**
meint Oderich.

Schirmel denkt nach.

**„Ich frage den Zaunkönig.
Der muss doch wissen, wie man ein König wird.“**

„Hallo Zaunkönig“, ruft Schirmel. **„Ich will König werden. Kannst du mir sagen, wie das geht?“**

„Warum willst du König werden? Du bist ein Frosch“, sagt der Zaunkönig.

„Ich will die Prinzessin heiraten. Und Prinzessinnen heiraten nur Könige. Also, wie werde ich König?“

„Man ist König oder man ist kein König.
Ich bin ein Zaunkönig.
Zaunkönig kannst du aber nicht sein.
Du bist viel zu groß."

Der Zaunkönig hat keine Ahnung,
wie ich ein richtiger König werden kann, denkt Schirmel.
Er zieht mit seinem Freund Oderich weiter.

„Na, dann gehen wir eben zur Bienenkönigin“, meint Oderich. **„Vielleicht kann sie dir sagen, wie du ein König wirst.“**

„Entschuldigung“, sagt Schirmel. **„Ist vielleicht eure Königin zu Hause? Ich möchte sie gerne sprechen.“**

„Sie hat keine Zeit für Frösche“, antwortet eine Biene.

„Aber es ist wichtig“, fleht Schirmel.

Da lässt die Biene nach der Königin rufen.

**„Was willst du, Frosch?
Ich habe nicht
viel Zeit.“**

„Ich will König werden“, sagt Schirmel.
**„Mit dem Zaunkönig habe ich schon gesprochen,
aber der hat keine Ahnung.“**

„Warum willst du König werden? Du bist ein Frosch.“

**„Ich will die Prinzessin heiraten.
Und Prinzessinnen heiraten nur Könige.“**

Die Bienenkönigin lacht. **„Ich weiß, wie man eine Bienenkönigin wird. Man muss sehr fleißig sein.“**

„Der Fleißigste bist du nicht“, sagt Oderich zu Schirmel. Aber er sagt es nicht böse.

„Ich glaube, die Biene hat keine Ahnung, wie ich König werden kann. Lass uns weiterziehen“, sagt Schirmel.

„Du musst einen richtigen König fragen“, überlegt Oderich.

„Kennst du denn einen richtigen König?“

„Ja, natürlich. Den König der Tiere.
Das ist ein richtiger König“, sagt Oderich.

„Klar doch, der Löwe. Wir gehen zum Löwen.“

Schirmel will schon losrennen, da merkt er, er hat keine Ahnung, wo der Löwe wohnt.

„In Afrika“, weiß Oderich.

„Afrika ist weit weg,“ sagt Schirmel.

„Ich fürchte,
zu weit weg für uns“,
meint Oderich.

Da hören sie die Eule über ihnen im Baum, die ruft:
„Ihr müsst nicht zum Löwen.
Ich weiß schon, was er euch sagen würde,
wenn ihr ihn fragt,
wie man ein König wird.“

„Aha“, sagt Schirmel. **„Und was würde der Löwe sagen?“**

„Du musst stark sein, wenn du König werden willst,
der Stärkste von allen, wird der Löwe sagen.“
Dann kneift die Eule ein Auge zu und fährt fort:
„Ich glaube, du bist ein ziemlicher Schlaffi.“

Stimmt, sehr stark bin ich nicht, denkt Schirmel.
Und er wird wieder ganz traurig.

„Aber ich verrate dir was“, sagt die Eule.

Aufgeregt fragt Schirmel: **„Was denn? Wie ich doch noch König werde?“**

Die Eule denkt kurz nach, bevor sie antwortet: **„Nein, wie du die Prinzessin heiraten kannst, ohne ein König zu sein. Manchmal heiraten nämlich Prinzessinnen auch grüne Frösche wie dich.“**

„Na, sag schon!“, ruft Schirmel und hüpft vor Aufregung hin und her.

„Du musst nett zu ihr sein.“

„Ich bin nett“, sagt Schirmel und Oderich nickt eifrig.

„Vielen Dank Eule, dann gehen wir zu dem Schloss, in dem die Prinzessin wohnt.“

Weil die Eule ja sehr schlau ist, weiß sie auch, wo das Schloss ist, und zeigt ihnen den Weg.

„Was wollt ihr?“,
fragt eine der Wachen.

„Ich will die Prinzessin heiraten“, sagt Schirmel mutig.

Die beiden Burgwachen lachen laut.

„Was ist daran lustig?“, fragt Schirmel
und ist ein bisschen beleidigt. Wäre er ein König,
würden die beiden nicht über ihn lachen.
Das würden sie sich nicht trauen.

„Du kommst zu spät“, sagt die andere Wache.
**„Die Prinzessin ist schon verheiratet.
Seit gestern.“**

**„Wen hat sie denn geheiratet?
Einen richtigen König?“**

**„Nein, einen Frosch.
Aber als sie ihn
geküsst hat,
wurde er ein Prinz.“**

„Weißt du was, Oderich,
jetzt will ich kein König mehr werden“,
meint Schirmel.

„Gehen wir nach Hause, Schirmel“,
sagt Oderich.

„Oderich, findest du,
dass ich kleiner sein sollte,
so klein wie ein Zaunkönig?“

„Du bist genau richtig“,
antwortet Oderich.

„Findest du,
dass ich fleißiger sein sollte,
so fleißig wie eine Biene?“

„Du bist genau richtig“,
antwortet Oderich.

„Vielleicht sollte ich schlauer sein,
so schlau wie eine Eule."

„Du bist genau richtig",
antwortet Oderich.

„Aber ich muss unbedingt stärker werden,
stimmt's, so stark wie ein Löwe?"

„Du bist genau richtig",
antwortet Oderich noch einmal,
„und du bist sehr nett."

„Weißt du was, Oderich,
ich finde dich auch genau richtig",
sagt Schirmel.

Ach, es ist schön, einen Freund zu haben.
Dann muss man auch kein König sein
und die Prinzessin heiraten.

Schirmel

hat Angst vor dem bösen Wolf

Eines Abends sitzt Schirmel mit seinem Freund Oderich am Teich.
Ach, wie friedlich alles ist.
Schirmel seufzt vor Zufriedenheit.

Plötzlich kommt ihm ein Gedanke: **„Oderich, stell dir vor, wenn jetzt ein Wolf käme und uns fressen wollte. Das wäre doch schrecklich!"**

„Warum soll ich mir das vorstellen?“, fragt Oderich.

**„Er könnte irgendwo hier lauern.
Vielleicht hat er sich da hinter dem Busch versteckt“,**
fürchtet Schirmel.

**„Ach, Schirmel, hier ist kein Wolf.
Lass uns lieber die Abendsonne genießen.“**

Schirmel überredet Oderich, in dem Gebüsch
nachzuschauen. Nur zur Sicherheit.

Echte Freunde tun einander schon mal einen Gefallen,
auch wenn sie keine Lust dazu haben.

Im Gebüsch ist kein Wolf. Auch nicht unten am Bach.
Und auch nicht hinter dem Felsen. Auch nicht beim Feld,
hinter dem Baum und im alten Schuppen.

**„Schirmel, hier ist nirgendwo ein Wolf.
Ich muss schlafen gehen“,** sagt Oderich und fliegt weg.
Er ist sehr müde vom Wolfsuchen.

Als Schirmel allein an seinem Lieblingsteich sitzt,
ist er ganz sicher,
dass überall ein Wolf auf ihn lauert,
um ihn zu fressen.

Je länger er dasitzt, umso größer wird seine Angst.
Irgendwann kann er die Angst nicht mehr aushalten.

Wenn man ganz doll Angst hat,
braucht man seinen besten Freund in der Nähe.

Schnell zu Oderich, denkt Schirmel
und macht sich auf den Weg.

Auf einer Lichtung trifft er tatsächlich auf einen Wolf.

Aber er sieht nicht sehr gefährlich aus, denkt Schirmel.
Er zittert ja.

„Hast du mich erschreckt!“,
sagt der Wolf.

**„Du hast mich auch erschreckt, Wolf.
Wirst du mich jetzt fressen?“,** fragt Schirmel leise.

**„Ach was, ich habe solche Angst im Dunkeln,
da vergeht mir der Appetit auf Frösche.
Was hüpfst du überhaupt nachts durch den Wald
und erschreckst einen armen Wolf?“**

**„Ich wollte zu Oderich, meinem Freund,
weil ich Angst vor dir habe“,** erklärt Schirmel.

„Und was willst du bei deinem Freund?“, fragt der Wolf.

**„Wenn man Angst hat,
ist man doch nicht gern allein, oder?“**

Der Wolf nickt. **„Meinst du,
wir könnten gemeinsam zu deinem Freund gehen?
Ich habe ja auch Angst und bin nicht gern allein.“**

„Klar! Komm mit“, sagt Schirmel,
und sie machen sich auf den Weg zu Oderich.

Am Fluss treten sie fast auf eine Ente,
die sich im Schilf versteckt hat.
Schnatternd springt sie auf.

„Habt ihr mich erschreckt“, schreit die Ente.

„Warum hockst du hier tief im Schilf,
sodass man dich nicht sieht?“, fragt Schirmel.

„Weil ich nicht gesehen werden will,
besonders nicht von einem Wolf.
Ich habe Angst, gefressen zu werden.
Deshalb hocke ich hier im Schilf“, antwortet die Ente.
„Was macht ihr zwei eigentlich hier
mitten in der Nacht?“

„Ich habe keinen Hunger“, beruhigt der Wolf die Ente.
„Wir haben Angst und wollen deshalb zu Oderich,
Schirmels Freund. Denn wenn man Angst hat,
ist man nicht gern allein.“

Die Ente nickt und fragt,
ob sie die beiden vielleicht
zu Oderich begleiten könnte.

Da marschieren sie zu dritt weiter.

Als sie eine Weile gewandert sind, treffen sie auf einen Bären.

„Warum versteckst du dich vor uns hinter dem Baum?“, fragt Schirmel.

„Ich wurde wach,
als ich Geräusche hörte.
Sie klangen
wie das Schnattern einer Ente,
wie das Quaken eines Frosches
und gleichzeitig auch noch
wie das Heulen eines Wolfes.
Das war so gruselig,
dass mir angst und bange wurde“,
erklärt der Bär.

„Wir haben nachts auch Angst. Darum suchen wir Oderich, meinen Freund“, sagt Schirmel, **„damit wir uns nicht mehr so allein fühlen und die Angst vergeht.“**

**„Oh, das hört sich gut an.
Kann ich mitkommen?“,**
fragt der Bär.

„Warum nicht?“, antwortet Schirmel
und sie gehen gemeinsam durch die Nacht.

So gehen sie eine Weile schweigend dahin.
Der Wolf hatte gehört,
dass Singen gut gegen die Angst ist.
Also singen sie.

Der Wolf heult, der Bär brummt,
die Ente schnattert und Schirmel quakt.

Heul Schnatter

Brumm Quak

Irgendwann hören sie eine Stimme über ihnen:
„Seid ihr noch bei Trost, mitten in der Nacht einen solchen Lärm zu machen? Wer soll dabei schlafen können?“

Sie schauen nach oben in eine Baumkrone und da sitzt Oderich.

„Hallo Oderich, wir haben dich gesucht, Wolf, Ente, Bär und ich. Wir hatten solche Angst und wollten nicht allein sein“, sagt Schirmel.

„Wovor habt ihr Angst?“, will Oderich wissen.

„Also, ich habe Angst vor dem Wolf. Der Wolf hat Angst vor der Dunkelheit. Die Ente hat auch Angst vor dem Wolf und der Bär hat Angst vor unseren gruseligen Stimmen“, erklärt Schirmel.

„Tut mir einen Gefallen. Lasst mich schlafen. Ich bin müde.“

Ohne ein weiteres Wort schließt Oderich seine Augen und schläft wieder ein.

„Dein Freund kennt keine Angst. Deshalb kann er uns gar nicht verstehen“, sagt der Bär.

Alle finden, dass der Bär recht hat. Auch Schirmel.

„Und was machen wir jetzt?“, fragt die Ente.

Denn keiner kann schlafen und die Nacht ist noch lang.

„Ich glaube, auch Raben haben Angst“, sagt der Wolf.
„Vielleicht machen wir Oderich ein bisschen Angst, damit er uns besser versteht.“

„Und wie sollen wir ihm Angst machen?“, fragt die Ente.

„Du fragst zu viel“,
antwortet der Wolf und knurrt.
Er schaut dabei kein bisschen grimmig.
Und die Ente merkt,
dass er nur Spaß macht.

Der Bär hat eine Idee
und alle finden sie gut.

„Also los“, sagt Schirmel.

Sie singen das Lied.
Das haben sie vorher geübt
und den Text auswendig gelernt.
Sie geben sich sehr viel Mühe,
schrecklich zu klingen.

„Ich bin auf der Jagd nach Raben.
Von Raben kann ich nie genug haben.
Ich bin der Froschwolfentenbär
und frische Raben mag ich sehr.“
Schmatz
Schmatz
„Hilfe, ein Monster!“

„Kommt rauf", sagt Oderich.

Oderich hat eigentlich ein bisschen Angst,
dass der Zweig von dem Gewicht
all der Tiere abbrechen könnte.
Aber er sagt nichts.

Wenn Freunde
Angst haben,
soll man nicht
von seiner eigenen
Angst erzählen.

Schirmel ist krank

Eines Morgens wacht Schirmel auf
und es geht ihm nicht gut.

Sein Hals fühlt sich an
wie ein kratziger Pullover.
In dem einen Nasenloch scheint
eine Hummel zu stecken.
Aus dem anderen Nasenloch
fließt ein kleiner Bach.

Warum sind seine Arme so schwer?
Als ob Steine daran hängen.
Sein Kopf muss zwischen zwei Felsen eingeklemmt sein.
Und in seinem ganzen Körper ist es heiß wie in der Wüste.

Ich glaube, ich bin krank, denkt Schirmel.

Da kommt Oderich angeflogen.

„Hallo Schirmel,
bist du krank?“,
fragt Oderich.

Echte Freunde spüren das sofort.

Schirmel nickt nur.
Er kann kaum noch sprechen.

„Wenn ich krank bin, muss ich mich ins Bett legen“, sagt Schirmel.

Aber Schirmel hat kein Bett.

Da baut Oderich eins.

Oderich gibt Schirmel zu trinken,
denn richtige Freunde verstehen einen auch,
wenn man Blödsinn redet.

Den ganzen Tag pflegt Oderich seinen Freund.
Er macht ihm Wadenwickel und gibt ihm Wasser.

Als der Abend kommt, schläft Schirmel ein.

Oderich passt auf ihn auf.
Die ganze Nacht.

Schirmel hat Fieberträume.
Fieberträume sind schrecklich.
Im Schlaf weiß man ja nicht,
dass es nur Träume sind.

Aber Oderich kann die schlimmen Träume vertreiben.

Am nächsten Morgen ist das Fieber weg.
Jetzt hat Schirmel Husten.
Da macht Oderich ihm einen Tee.
Das tut gut.

Schirmel wird es langweilig im Bett.
Da erzählt ihm Oderich spannende Geschichten.
Und in allen Geschichten sind Schirmel und Oderich
die Helden.

Oderich erzählt so schön,
dass Schirmel immer weniger husten muss.
Aber vielleicht hilft auch der Tee.

Nach drei Tagen jubelt Schirmel:
„Mir geht es wieder viel besser, Oderich! Aber nur, weil du mich so gut gepflegt hast."

„Da bin ich aber froh",
sagt Oderich und freut sich sehr.

„Was ist denn mit den Tieren los?“,
fragt Schirmel.

„Einige von ihnen sind krank“, sagt Oderich.
„Ich glaube, sie haben sich angesteckt.“

**„Wenn sie krank sind, müssen sie sich ins Bett legen.
Dann sitzt jemand neben ihnen und pflegt sie gesund,
stimmt‘s, Oderich?“,** meint Schirmel.

Schirmel und Oderich machen sich sofort
an die Arbeit.

Wenn man krank ist,
braucht man jemanden,
der spürt, was einem gut tut.
Und der einem Geschichten erzählt,
in denen man ein Held ist.

Schirmel

ist einsam

Schirmel und Oderich
unternehmen fast alles gemeinsam.

Sie spielen zusammen.

Sie lachen zusammen.

Manchmal weinen sie auch zusammen.

Sie baden zusammen.

Sie verreisen zusammen.

Schirmel und Oderich
sind richtige Freunde.

Aber in letzter Zeit unternehmen Schirmel
und Oderich nicht mehr viel gemeinsam.

Selten kommt Oderich zum Teich.
Dann sagt er gleich,
er habe nicht viel Zeit.
Oderich will immer nur
bei dem Rabenfräulein sein,
das er kennengelernt hat.

Schirmel ist eifersüchtig
auf das Rabenfräulein.

„Oderich“, sagt Schirmel. **„Oderich, ich glaube, wir sind keine Freunde mehr.“**

„Warum nicht, Schirmel?“, fragt Oderich.

„Freunde sind immer zusammen, aber wir sehen uns kaum noch“, findet Schirmel.

Da schaut Oderich ganz traurig
und fliegt weg.

Schirmel ist wütend auf Oderich.
Nach einer Weile ist Schirmel nicht mehr wütend,
sondern auch traurig.
Denn er vermisst Oderich sehr.

Oderich kommt Schirmel
nun gar nicht mehr besuchen.

Er scheint sehr viel zu tun zu haben.
Schirmel sieht Oderich manchmal
mit kleinen Stöcken im Schnabel vorbeifliegen.

Schirmel hüpft allein in der Gegend herum
und fühlt sich einsam.

Eines Tages kommt Schirmel zu seinem Teich und da sitzt auf seinem Lieblingsseerosenblatt ein Froschmädchen.

„Das ist mein Teich“, sagt Schirmel.
„Und das ist mein Lieblingsseerosenblatt, auf dem du sitzt.“

Das Froschmädchen lächelt und sagt:
„Hier ist doch Platz für zwei.“

Da klettert Schirmel neben das Froschmädchen auf das Blatt. Und tatsächlich, es ist Platz genug.

„Wie heißt du?“, fragt Schirmel. Wenn er schon mit einem Froschmädchen auf einem Seerosenblatt sitzt, will er auch gerne ihren Namen kennen.

„Ich heiße Klara.“

„Ich heiße Schirmel“, sagt Schirmel.
Er findet es sehr schön, neben Klara zu sitzen.

Schirmel und Klara
unternehmen nun
alles gemeinsam.

Sie spielen zusammen.

Sie lachen zusammen.

Sie weinen manchmal zusammen.

Sie baden zusammen.

Sie verreisen zusammen.

Schirmel ist sehr glücklich
und überhaupt nicht mehr einsam.

Eines Tages fragt Klara:
„Schirmel, hast du auch einen Freund?“

„Ja“, sagt Schirmel.
„Oderich, der Rabe, ist mein Freund.“

„Wo ist denn dein Freund Oderich?“

„Ich weiß es nicht.“
Schirmel spürt einen dicken Knubbel in seinem Herzen.
Er vermisst Oderich plötzlich wieder ganz stark.

„Geh ihn suchen.
Ich warte hier auf dich“, sagt Klara.

Da schaut Schirmel Klara an
und in seinem Bauch
wird es ganz warm.

Schirmel zieht los,
um Oderich zu suchen.

Er sucht ihn
bei Oderichs
Lieblingsbaum.
Aber da
ist er nicht.

Er sucht ihn auf dem Feld. Auch da ist Oderich nicht.

Schirmel sucht Oderich am Fluss
und an allen anderen Lieblingsplätzen.
Aber sein Freund ist einfach nicht zu finden.

Da setzt er sich unter einen Weidenbaum
am Fluss und denkt:
Vielleicht ist Oderich davongeflogen
und ich sehe ihn nie mehr wieder.

„Ach Oderich, ich vermisse dich sehr!“,
sagt Schirmel laut und seufzt.

Da hört er piepende Töne
aus der Baumkrone über sich.

„Was machst du da, Oderich?“, fragt Schirmel.

„Ich füttere meine Kinder.“

„Das sind deine Kinder?“

Piep
Piep
Piep
Piep

„Ja, alle fünf. Und sie haben immer Hunger. Meine Frau und ich müssen den ganzen Tag Futter besorgen."

Da bekommt Schirmel ein schlechtes Gewissen. Oderich hat ein Nest gebaut und Kinder bekommen. Deshalb hatte er keine Zeit, um ihn zu besuchen.

„Schirmel, es tut mir leid, aber ich muss los, um die hungrigen Schnäbelchen mit Futter zu stopfen. Wenn unsere kleinen Rabenkinder fliegen können, kommen wir dich am Teich besuchen."

Das versteht Schirmel.
„Sind wir denn noch Freunde?",
fragt Schirmel leise.

„Richtige Freunde bleiben immer Freunde, auch wenn sie wenig Zeit füreinander haben",
sagt Oderich.

**„Ich freue mich schon sehr,
wenn ihr uns besuchen kommt“,**
sagt Schirmel.

„Uns?“,
fragt Oderich erstaunt.

**„Ja, Klara,
ein Froschmädchen,
wohnt jetzt mit mir am Teich.“**

„Da bin ich aber neugierig“,
sagt Oderich und fliegt los,
denn die kleinen Raben piepen
schon wieder sehr laut vor Hunger.

Schirmel ist glücklich.
Er ist sogar doppelt glücklich.
Zu Hause wartet Klara auf ihn und …

… Oderich ist immer noch sein Freund.

Knifflige Wörter

Schirmel
Oderich
wünscht
(der) Freund
unglücklich
(der) Lieblingsteich
(der) Storch
(der) Appetit
zieht
(der) Frosch
(die) Tatzen
zertreten
(das) Versehen
(das) Wildschwein
(der) Gestank
aushalten
(die) Schwalbe
(der) Herbst
(die) Fledermaus
schlafen
fressen

anstrengend
heißen
wunderschön
fliegen
gemerkt
flügge
erschöpft
gesprungen
(die) Flügel
(der) Rücken
dahinschweben
(die) Baumwipfel
erzählt
(die) Prinzessin
(der) Zaunkönig
heiraten
(die) Ahnung
(die) Bienenkönigin
(die) Entschuldigung
fleißig
(das) Schloss

(die) Burgwache
beleidigt
bisschen
verheiratet
(die) Zufriedenheit
plötzlich
schrecklich
(die) Abendsonne
(das) Gebüsch
(der) Schuppen
tatsächlich
gefährlich
schnattern
(das) Schilf
(die) Geräusche
(das) Quaken
gruselig
schweigend
(die) Baumkrone
knurren
grimmig

(der) Froschwolfentenbär
kratzig
(das) Nasenloch
(der) Blödsinn
(die) Wadenwickel
(die) Fieberträume
pflegen
angesteckt
(das) Rabenfräulein
kennenlernen
eifersüchtig
vermissen
vorbeifliegen
(das) Lieblingsseerosenblatt
(das) Froschmädchen
(der) Lieblingsbaum
(der) Lieblingsplatz
(der) Weidenbaum
(das) Gewissen
(das) Rabenkind

Autor und Illustratorin

Guido Kasmann

Jetzt auch auf YouTube!

... lebt und schreibt in seiner Geburtsstadt Köln.

Lange Jahre arbeitete er als Grundschullehrer und in der Lehrerausbildung. Zum Schreiben hat er durch seine Kinder gefunden, denen er häufig abends selbst erfundene Geschichten erzählte. Irgendwann begann er, sie aufzuschreiben.

Viele Monate im Jahr tourt er durch Deutschland und präsentiert sein lebendiges Erzähltheater. Dabei erzählt und spielt er seine Geschichten vor Kindern. Die Gitarre ist immer dabei und natürlich seine Puppen Schirmel und Oderich.

Wenn er gefragt wird, warum er für Kinder schreibt, sagt er: „Alles in mir und an mir ist erwachsener oder einfach älter geworden, nur ein Teil meiner Fantasie nicht – und der erzählt mir meine Geschichten."

... ist mit Stiften in den Händen im Bergischen Land aufgewachsen und arbeitet freiberuflich als Illustratorin und Grafik-Designerin in den unterschiedlichsten Branchen – überall dort, wo sich ihre Illustrationen einsetzen lassen.

Freunde und Bekannte freuen sich über ihre mit Liebe erstellten Glückwunsch-Karten sowie Papeterie zu allen Anlässen.

Inspiration und neue Kraft holt sie sich beim Yoga und in der freien Natur vor ihrer Haustüre.

Ramona Reudenbach